Le Roman de Renart

Le Roman de Renart

adapté pour le théâtre par Robert Boudet
traduit par Christian Poslaniec

Conseils scénographiques par Christiane Lenfant

Illustrations de Frédéric Stehr

Classiques
l'école des loisirs
11, rue de Sèvres, Paris 6e

Loi n° 49.956 du 16 juillet 1949 sur les publications
destinées à la jeunesse : mars 1988
ISBN : 978-2-211-03718-1
Dépôt légal : février 2017
Imprimé en France par I.M.E. by Estimprim à Autechaux

Avant-propos

Il faudrait parler *des* romans de Renart plutôt que *du* roman. Car la création de cette saga française a duré plusieurs siècles. Dès le milieu du XIIe siècle, Nivard compose en latin un *Ysengrimus,* repris quelque vingt ans après par un auteur – probablement Pierre de Saint-Cloud – qui conte les premières aventures de Renart le goupil et d'Ysengrin le loup. Ensuite, pendant plusieurs siècles, on ne cessa d'inventer de nouvelles aventures, de les regrouper en recueils, de les modifier. Tant et si bien qu'à l'heure actuelle on dispose de plus de vingt manuscrits ou fragments anciens qui, en tout, dépassent vingt-cinq mille vers. Les mêmes histoires reviennent, sous une forme différente, dans plusieurs manuscrits, et il n'est guère possible d'induire le texte original qui ne nous est pas parvenu. Et ce, d'autant plus que les auteurs anonymes successifs ne se sont pas contentés des suites chronologiques du récit. Ils ont créé des morceaux qui s'intégraient à tout moment de la vie du héros, certains se contredisant même l'un l'autre.

La personnalité des protagonistes varie tout autant. Simples animaux de fable dans certaines branches, ils deviennent, dans d'autres, des figures satiriques de la vie médiévale, ayant des préoccupations fort humaines : ambition, jalousie, compétition sociale, justice ou désir de vengeance. Les bonnes farces du début tournent à la méchanceté cruelle et le rusé goupil devient un personnage odieux, tant avec ses confrères animaux qu'avec les humains.

En ce qui nous concerne, nous nous sommes surtout attachés au personnage de Renart, que nous présentons sous ses apparences successives, aux prises avec d'autres animaux, affrontant les humains, ou devenu baron maudit d'une société médiévale sur laquelle règne le lion. Une occasion, par conséquent, aussi bien d'étudier l'évolution du personnage dans ses incarnations successives, que de faire une étude de type historique.

Comme pour les «Fabliaux*», nous avons choisi de présenter ces textes sous forme théâtrale, de telle façon que les jeunes lecteurs puissent en devenir les acteurs. N'est-ce pas là la meilleure façon de se couler dans la peau d'un personnage? Le texte proposé forme donc une fresque où l'on pourra choisir un passage seulement, ou mettre en scène l'ensemble comme une pièce de théâtre à tableaux successifs. Pour ce faire, nous n'avons pas hésité à supprimer certaines narrations ennuyeuses pour un spectateur contemporain. Nous avons également pris la liberté d'ajouter à certaines scènes des effets dramatiques destinés à enrichir le jeu théâtral. Cependant, nous avons toujours pris soin de ne pas dénaturer le récit.

Le texte a été traduit de l'ancien français à partir des éditions de MM. Mario Roques (Librairie Honoré Champion) et Jean Dufournet (Ed. Flammarion), puis adapté pour le théâtre.

Nous souhaitons que cette présente édition permette aux jeunes lecteurs de découvrir la gouaille, la truculence et la férocité de ce premier chef-d'œuvre à voix multiples de la littérature française.

Robert Boudet - Christian Poslaniec

* *Fabliaux du Moyen Age* et *Farces et Fabliaux du Moyen Age,* l'école des loisirs.

LE ROMAN DE RENART
(adaptation théâtrale)

PROLOGUE

(Récitant)

LE RÉCITANT :
J'ai l'intention de vous conter
Une histoire qui fasse rire,
Car en vérité, je sais bien
Que vous vous moquez des sermons
Et de la vie des saints martyrs,
Qui vous laissent indifférents.
Vous aimez ce qui est plaisant,
Alors, si vous voulez vous taire,
Je vais vous conter une histoire,
Et, par Dieu, j'en connais plus d'une.
Si vous y portez attention,
Vous en tirerez la leçon,
Une leçon à retenir.
On me prend souvent pour un fou,
Pourtant on m'a dit à l'école
Que les fous disent souvent vrai.
Inutile de prolonger
Ce prologue et, sans plus attendre,
Je vais vous dire tous les tours
Que joua le Maître ès tromperies.
C'est de Renart que je vous parle,
Vous le savez, on vous l'a dit.
Nul ne peut l'emporter sur lui :
Tous, il les emberlificote,
Les séduit en les cajolant.

Ce n'est pas un exemple à suivre.
Personne, fût-il son ami,
Ne le quitte vraiment indemne.
Renart est sage et avisé
Mais il n'est pas toujours prudent.
Car ici-bas, nul n'est si sage
Qu'il soit à l'abri des folies.
Sans plus attendre, faisons place
A Renart et à ses renarderies...

RENART ET LES ANGUILLES

Le Récitant, Renart, deux Marchands, la famille de Renart

LE RÉCITANT :

Seigneurs, notre histoire se passe à l'époque
Où le doux temps d'été s'achève,
Juste avant que l'hiver revienne.
Renart était dans sa maison
Mais n'avait plus de provisions.

TABLEAU 1

(Renart chez lui. Il tourne en rond. Sa femme et ses deux enfants crient famine.)

RENART :

Quel épouvantable malheur !
Plus rien à donner ni à prendre
Et pas de quoi se restaurer !

(Il sort, doucement pour ne pas être vu. Il s'avance parmi les joncs, entre le bois et la rivière et arrive sur le chemin empierré. Là, il s'accroupit, regarde autour de lui.)

TABLEAU 2

RENART :

Où y a-t-il de quoi manger ?
La faim me livre grande guerre.
Défaillant, je ne sais que faire !

(Il se couche au pied d'une haie pour attendre une occasion. On entend un bruit de charrette. Renart se redresse.)

Renart :

Que vois-je ? Des marchands
Qui s'en retournent du bord de mer.
Oh ! quel bon poisson je sens !
Hareng frais, anguilles et lamproies !
Comme leur charrette est bien chargée !

(Prenant un chemin détourné, Renart précède les marchands et il se couche sur le chemin. Il fait le mort. La charrette arrive. Les marchands s'arrêtent.)

Premier Marchand *(de loin)* :

Holà compagnon, que vois-je ?
Ne serait-ce pas un chien ?... ou un goupil ?
Il a les yeux clos, la babine découverte,
Et par ma foi on dirait qu'il... ne respire plus !

Second Marchand *(s'approchant)* :

Vous avez raison, mon compère,
C'est un goupil. Attrapons-le !
Attention qu'il ne s'échappe !
Il nous faut sa peau !

(Les deux marchands sont près de Renart. Ils le retournent en tous sens. Le goupil reste bien roide. Les marchands tâtent la peau.)

Premier Marchand :

Cette peau-là vaut bien trois sous.

Second Marchand :

Par Dieu, elle en vaut quatre à tout le moins !
Nous ne sommes pas très chargés,
Jetons-le dans notre charrette !

PREMIER MARCHAND :

Vois cette gorge blanche et nette.
C'est une belle peau que celle-là !

(Ils jettent Renart dans la charrette.)

PREMIER MARCHAND :

Restons-en là pour le moment,
Mais sûr que ce soir, de retour chez nous,
Nous lui rabattrons son biau manteau !

(Ils s'esclaffent. Renart rit avec eux... silencieusement ; les marchands lui tournent le dos. Puis il ouvre un panier et en tire au moins trente harengs dont il se régale à belles dents. Il attaque un autre panier, en tire trois chapelets d'anguilles qu'il se passe autour du cou. Enfin, il saute de la charrette.)

RENART *(criant aux marchands)* :

Dieu vous garde mes beaux messires,
Toutes ces anguilles sont miennes !

(Les marchands se retournent. Ils sont tout ébahis.)

PREMIER MARCHAND :

Par Dieu ! C'est le goupil !

SECOND MARCHAND :

L'infernal rusé ! Gare !

(Ils se précipitent sur lui. Trop tard. Renart a fui. Les deux marchands reviennent à la charrette, essoufflés et déconfits.)

PREMIER MARCHAND :

Nous avons manqué de vigilance.

(Il donne une gifle au second marchand.)

SECOND MARCHAND :

Nous avons été fous et inconscients
De ne pas nous défier de ce maraud !

(Il donne une gifle plus forte au premier marchand.)

PREMIER MARCHAND :

Il a vidé tous nos paniers
Et emporté nos belles anguilles !

(Il rend sa gifle au second marchand. Ils se lamentent de plus en plus fort en se giflant d'importance.)

ENSEMBLE :

Renart ! tu es un coquin ! Maudit sois-tu !
Nous souhaitons que tu crèves de ces anguilles !

VOIX DE RENART :

Seigneurs, je ne discute pas.
Vous direz ce qu'il vous plaira.
Je suis Renart et je me tais.

(Les deux marchands poussent un dernier cri de rage et s'écroulent après s'être frappés une nouvelle fois.)

TABLEAU 3

La maison de Renart

(Hermeline, sa femme, Percehaie et Malebranche, ses fils, se précipitent sur Renart qui entre, les anguilles autour du cou. Ils dansent autour de lui en poussant des cris de joie.)

LE RÉCITANT :

Regardez bien le fier rusé.
Il a le ventre plein et le cœur en fête.
Ses fils seront aux petits soins pour lui.

Ils couperont en morceaux les anguilles
Qu'ils enfileront sur un coudrier.
Puis ils allumeront un feu
Et feront cuire ces belles brochettes.
Regardez bien Renart le matois :
Il pense déjà à d'autres tours.

LA TONSURE D'YSENGRIN

Le Récitant, Ysengrin, Renart

LE RÉCITANT :

Pendant que les anguilles cuisent
Survient Monseigneur Ysengrin
Qui erre depuis le matin
De tous côtés, sans rien trouver.
Il est quasiment desséché
D'avoir dû trop souvent jeûner.

(Pendant cette présentation, Ysengrin est arrivé. Il flaire la fumée. Son nez commence à palpiter. Il se lèche les babines. Il s'approche d'une fenêtre pour voir de quoi il s'agit.)

YSENGRIN :

Par pitié, mon compère, et pour l'amour de Dieu,
Donne-moi à manger peu ou prou comme tu veux.

(Rire de Renart. Ysengrin tourne autour de la maison. Il revient à la porte.)

YSENGRIN :

Seigneur compère, ouvre la porte,
J'ai pour toi de bonnes nouvelles
Que tu trouveras fort agréables.

RENART :

Qui es-tu ?

YSENGRIN :

C'est moi.

RENART :
Qui toi ?

YSENGRIN :
C'est ton compère Ysengrin.

RENART :
Je t'avais pris pour un voleur.

YSENGRIN :
Mais non, allez, ouvre-moi donc, cher seigneur !

RENART :
Attends donc un peu que les moines
Qui viennent de se mettre à table
Aient au moins fini de manger.

YSENGRIN :
Comment ! Il y a donc des moines ?

RENART :
Mieux que des moines. Des chanoines.
Et je suis devenu l'un des leurs.

YSENGRIN :
Nomini dame ! Me dis-tu bien la vérité ?

RENART :
Mais oui ! par la sainte charité !

YSENGRIN :
Alors tu peux donc m'héberger ?

RENART :
Oui, mais tu n'auras rien à manger.

YSENGRIN :
Pourquoi ? Il n'y a pas de quoi ?

RENART :
Si ! bien sûr ! Je vais demander.
(Un temps. Ysengrin se réjouit déjà.)

RENART :
Les moines demandent si tu es venu mendier.

YSENGRIN :
Non ! non !... Juste prendre de tes nouvelles !

RENART :
Dans ce cas, c'est impossible !

YSENGRIN :
Impossible, mais pourquoi ?

RENART :
Ce n'est pas le moment.
(Un temps. Ysengrin dépité tourne en rond.)

YSENGRIN :
Dis-moi... Mangez-vous de la viande ?

RENART :
Veux-tu offenser les moines ?

YSENGRIN :

Oh ! non, mon compère ! Mais que mangent-ils
Qui a si bon fumet ?

RENART :

Des fromages et des poissons de belle taille
Car saint Benoît nous recommande
De ne pas nous nourrir plus mal.

YSENGRIN :

Je l'ignorais… mais je voudrais tant que tu m'héberges
Sinon je ne sais où aller.

RENART :

T'héberger ? Mais que dis-tu là ?
Nul s'il n'est moine ou bien ermite
Ne peut être hébergé ici.
N'insiste pas, va voir plus loin !

YSENGRIN *(pour lui-même)* :

Quoi que je fasse, hélas !
Je n'entrerai pas et ne partagerai point ce festin !

(Il se retire puis revient sur ses pas.)

YSENGRIN :

Le poisson, est-ce que c'est bon ?
Donne-m'en juste un petit morceau pour goûter.

(Renart sort, portant deux morceaux de poisson grillé.)

RENART :

Compère, approche-toi.
Tiens, voici de la nourriture.

Ceux qui te l'offrent espèrent bientôt
Te voir moine…

(Il tend les morceaux de poisson. Mais il ne les donne pas. Renart fait tourner Ysengrin autour de lui comme on fait jouer un chat.)

YSENGRIN *(affolé)* :

Je ne sais pas si je serai moine
Mais donne-moi vite ce poisson,
Mon bon maître, sans plus me faire languir !

(Renart lui donne enfin le poisson. Ysengrin se précipite dessus avidement.)

RENART *(le regardant en souriant)* :

Alors, c'est bon ?

YSENGRIN *(la bouche pleine)* :

Chertainement, cheigneur Renart,
Tu en cheras récompenché ! *(il avale)*
Donne-m'en encore un morceau
Et je sens que je vais devenir moine.

RENART :

Tu veux vraiment devenir moine ?

YSENGRIN :

Oh ! oui, monseigneur… moine et poisson.

RENART :

Poisson ?

YSENGRIN :

Moine !… Je veux dire moine, par Dieu !

RENART :

Bien !... Si tu veux vraiment être moine
Je te promets que tu seras vite mon maître.
Et tu seras élu prieur avant la Pentecôte.

YSENGRIN :

Tu me fais marcher.

RENART :

Pas du tout. Il n'y aura pas plus beau moine que toi.

YSENGRIN :

Mais aurai-je assez de poisson
Pour pouvoir me guérir du mal
Qui m'a tant tourmenté ?

RENART :

Bien sûr ! Autant que tu en pourras manger !

YSENGRIN :

Autant que j'en pourrai manger !
Vite ! je suis déjà moine !

RENART :

Holà ! tout doux. Il faut d'abord te tonsurer
Et te raser la barbe.

YSENGRIN :

Me tonsurer ?

RENART :

Te tonsurer !

(Ysengrin se frotte le haut du crâne, puis il renifle l'odeur des poissons grillés.)

YSENGRIN :

Bon ! ne perdons pas de temps, compère !
Tonsurons donc !

RENART *(ricanant)* :

Patience !
Je te prépare une grande et large tonsure
Juste le temps de chauffer l'eau.

(Renart entre dans la maison.)

RÉCITANT :

Ecoutez bien, messires,
Et sachez la cruauté que prépare le goupil.
Il attend que l'eau soit bien bouillante
Puis il appelle Ysengrin.

RENART :

Passe ta tête par la fenêtre
Et tends bien le cou, mon compère.

(Ysengrin obéit. Il reçoit toute l'eau bouillante sur la nuque. Il hurle, s'agite, fait la grimace.)

YSENGRIN :

Je suis mort, je suis assassiné.
Tu m'as fait trop grande tonsure
J'en suis tout ébouillanté.

RENART :

Mais tout le couvent la porte ainsi !

YSENGRIN :
Tu mens !

RENART :
Que nenni, seigneur, ne t'en déplaise !
Car en cette première nuit
Tu dois être mis à l'épreuve.
Telle est la règle du Saint-Ordre !

YSENGRIN :
Serai-je moine ? Et poisson mangerai-je
Après ces dures épreuves ?

RENART :
Oui... Si tu suis tous les commandements.

YSENGRIN *(secouant la tête)* :
Alors ! par les Poissons du Christ...
Euh... par la Passion du Christ... je les suivrai.
Merci mon compère !
Mais par Dieu que cette tonsure
Me chauffe la cervelle !

RENART *(éclatant de rire)* :
C'est le Saint-Esprit qui a touché ta couenne.
Amen !
(Ysengrin, titubant, hébété, sort en se signant.)

RENART ET TIÉCELIN LE CORBEAU

Tiécelin, la Vieille, Renart

TIÉCELIN :

Je n'ai pas mangé de tout le jour.
J'ai abandonné mon bois
Et à tire-d'aile je suis venu
En douce jusqu'à un enclos,
Impatient de livrer bataille.
Oh ! mais par Dieu que vois-je ?
Des fromages par milliers
En train de sécher au soleil.

(Il jette un coup d'œil alentour. Personne.)

Ma foi, celle qui devrait les garder
A dû tourner les talons.
Profitons de cette occasion.

(Il dérobe un fromage. Une vieille femme entre et aperçoit Tiécelin.)

LA VIEILLE :

Coquin ! Tu ne l'emporteras pas
Au paradis. Rends-moi ce fromage !

(Elle lui lance des cailloux.)

TIÉCELIN *(la narguant, juste avant de sortir)* :

Ecoute-moi, la vieille.
Si on te parle de ce fromage,
Tu diras : c'est moi qui l'ai pris.
Qu'importe si j'ai tort ou raison.
Surveille donc mieux ta maison.
Mauvaise garde nourrit le loup !

LA VIEILLE :

Que le diable te maudisse,
Oiseau de mauvais aloi !

TIÉCELIN *(brandissant le fromage) :*

Qu'il est donc savoureux
Et crémeux et si tendre !
Merci la vieille de me l'avoir
Laissé prendre.
A mon nid je l'emporte
Pour le manger cuit ou rôti.

LA VIEILLE :

Coquin ! Rôti sois-tu en enfer !

(Entrée de Renart. Il traîne la jambe. Ses vêtements sont en lambeaux. A bout de forces, il s'affale au pied de l'arbre. Le corbeau a commencé à entamer son fromage mais il ne voit pas encore Renart.)

RENART :

Enfin, me voici à l'abri !
Ce lieu est charmant en vérité
Et il me semble peu fréquenté.
Je vais m'y vautrer, m'y délasser
Et peut-être mon ventre affamé
Y trouvera mets à son prix...

(Il s'étire, remue sa jambe blessée, gémit, s'allonge enfin... A cet instant, un bout de fromage tombe sur son nez. Renart s'en saisit, le goûte.)

RENART :

Du fromage qui vient du ciel !...
Quelle est cette diablerie ?

(Il lève la tête et aperçoit Tiécelin.)

Renart *(bas)*:
Fromage et dessert, Dieu merci!

Renart *(haut à Tiécelin)*:
Par tous les saints, qui vois-je là?
Est-ce bien vous, noble compère?
Dieu garde l'âme de votre père,
Rohart, qui chantait à merveille.
Car j'ai souvent entendu dire
Que nul ne chantait mieux en France.
Vous-même au temps de votre enfance,
Vous vous y exerciez, je crois.
Sauriez-vous me charmer encore?
Chantez-moi donc une ritournelle...

(Tiécelin se rengorge sous ce compliment. Il tient le fromage dans son bec. Il chante tout bas, bouche fermée.)

Renart:
C'était très bien.
Vous chantez encore mieux qu'autrefois.
Mais je crois que si vous voulez
Vous pouvez chanter bien plus haut.

(Tiécelin hausse le ton, toujours bouche fermée. Ce chant est grotesque, déformé par la bouche fermée.)

Renart:
Mon Dieu! que votre voix est claire!
Qu'elle devient pure!
Et si vous mangiez des noix
Vous chanteriez le mieux du monde!

(Tiécelin se met à crier. Il lâche le fromage qui roule au pied de Renart. Il continue à chanter à tue-tête, très faux, très fier de lui.)

Renart *(à part)*:

Le fromage est là,
Voyons le dessert maintenant!

(Il se met à boiter en gémissant.)

Dieu! Vous m'avez donné
Fort peu de joies dans cette vie!
Que dois-je faire, sainte Marie,
Car ce fromage pue si fort
Que je me sens presque mort.
Et le pire est que le fromage
Est très mauvais pour les blessures.
Regardez, messire Tiécelin, je vous prie,
Ma pauvre patte tout en lambeaux,
C'est un piège qui me l'a estropiée.

(Tiécelin, qui s'était arrêté de chanter, jette un œil furtif sur Renart et reprend son chant, toujours aussi faux. Il n'a même pas remarqué que le fromage était tombé. Renart l'interrompt en se roulant à terre, comme s'il était pris de douleurs.)

Renart:

Ah! Tiécelin, ayez pitié!
Descendez et délivrez-moi de cette horreur!
Pour me soigner, vous appliquerez des emplâtres
Sur cette patte cassée.
Puis je prendrai du repos
Jusqu'à ce qu'elle soit réparée...

(Tiécelin descend de son arbre mais se tient à distance du goupil.)

Renart:

Par Dieu, approchez-vous.
Quel mal peut vous faire un pauvre blessé?

(Tiécelin s'approche alors, sans méfiance. Aussitôt qu'il le voit à portée, Renart bondit. Mais il rate Tiécelin qui remonte dans son arbre. Il laisse trois ou quatre plumes entre les dents du goupil.)

TIÉCELIN :

Sale rouquin, sale menteur, sale éclopé !
Il m'a arraché quatre plumes
De l'aile droite et de la queue !
Qu'il aille donc en enfer !
C'est vraiment un fourbe et un traître !

RENART *(grommelant à cause des plumes)* :

Vous n'y êtes point, mon compère.
Ce n'est pas moi qui ai sauté
C'est ma patte qui s'ennuyait.

TIÉCELIN *(sortant)* :

Suffit, coquin ! vous mentez !
Gardez le fromage
Car c'est tout ce que vous aurez
De moi aujourd'hui. J'ai été fou
D'avoir confiance en vous
Parce que vous étiez blessé.

(Renart chantonne en reprenant, pour le parodier, le chant de Tiécelin.)

RENART :

Pas de dessert... Bah ! il me reste le fromage !
(Il le mange.)
Consolons-nous avec ce fromage
Je regrette d'en avoir si peu
Car c'est un bon médicament.

(Il se lève et marche sans boiter. La vieille apparaît, un balai à la main.)

LA VIEILLE :

Ah ! non ! Après ce maudit corbeau,
Un goupil maintenant, c'en est trop !
(Elle brandit le balai.)

RENART *(se sauvant)* :

Pitié pour mon dos ! Quant à toi, je ne me hasarderai pas
A te croquer ! J'ai bien trop peur pour mes crocs !

RENART ET YSENGRIN DANS LE PUITS

Le Récitant, Renart, Ysengrin, l'écho (voix venant des coulisses), les poules.

LE RÉCITANT :

Un jour Renart cherchait pitance
Car il souffrait fort de la faim.
Il avise une ferme proche d'une abbaye,
Par mille ruses s'y introduit
Si discrètement que les poules
Ne se sont aperçues de rien.
Trois sont perchées sur une poutre :
Les voici condamnées à mort !

(Renart saute sur les poules.)

Renart en croque deux, et la troisième,
Il l'emporte pour la faire cuire.
Or çà, le goupil a fort soif.
Dans la cour, il y a un puits.

(Renart s'en approche, désireux d'apaiser sa soif. Mais impossible d'atteindre l'eau. Le puits a deux seaux ; quand l'un monte, l'autre descend. Renart s'appuie à la margelle.)

Ecoutez, bonnes gens, ce prodige
Qui va tromper le trompeur !
Renart voit son reflet dans l'eau
Il croit que c'est Dame Hermeline
Son épouse qu'il aime tant
Qui se trouve logée céans.
Mais je vous laisse à l'aventure,
Elle vaut son argent comptant !

(Le récitant se retire en riant.)

RENART :

Holà ! que fais-tu donc là-dedans ?

L'ÉCHO :

« Holà ! que fais-tu donc là-dedan-an-ans... »

RENART :

Par Dieu ! Est-ce que tu m'entends ?

L'ÉCHO :

« Par Dieu ! Est-ce que tu m'enten-ten-tends... »

RENART *(s'énervant)* :

Te moques-tu de moi ?

L'ÉCHO :

« Te moques-tu de moi-oi-oi... »

RENART :

Fort bien ! tu l'auras voulu ! Je descends !

(Renart prend place dans un seau et descend. Hélas, une fois arrivé en bas, il se rend compte de son erreur.)

RENART :

Me voici pris au piège !
Encore un coup des démons !
J'ai le pelage tout trempé ;
Je souffre le martyre !
Quel fou de m'être ainsi trompé !

(Ysengrin fait son entrée. Il s'approche du puits. Se penche sur la margelle.)

YSENGRIN :

Mais qui vois-je ? Ma femme Hersant
Qui se trouve logée là-dedans !
Et avec elle, Renart, mon cousin !
Je suis déshonoré, trahi,
Renart le roux a pris ma femme
Et l'a entraînée au fond du puits.
Ah ! si j'arrive à l'attraper,
Je jure par tous les diables de me venger !

(Il crie.)

Ô toi, femme de mauvaise vie,
Que fais-tu donc avec Renart ?

L'ÉCHO :

« Que fais-tu donc avec Renar-ar-ar-art... »

RENART :

Mon Dieu ! qui m'appelle ainsi ?

(Sa voix est déformée.)

YSENGRIN :

Qui es-tu ?

RENART :

Mais je suis votre bon voisin.
Je fus jadis votre cousin,
Vous m'aimiez plus que votre frère.
A l'heure qu'il est, je suis défunt
Et l'on m'appelle feu Renart !

YSENGRIN :

Feu Renart ?... Ainsi vous êtes mort ?

RENART :

Eh ! oui ! mon compère !

YSENGRIN :

Et depuis quand ?

RENART :

Depuis hier. Que nul ne s'étonne
De ma mort. Chacun mourra.
Tous les vivants trépasseront
Le jour que Dieu décidera.
Je vous supplie, mon doux compère,
De me pardonner tout le chagrin
Que je vous ai donné naguère.

YSENGRIN *(se signant)* :

J'y consens et je te pardonne,
Compère. Ici et devant Dieu.
Mais ta mort m'afflige vraiment.

(Il sanglote bruyamment.)

RENART :

Moi, je m'en réjouis au contraire.

YSENGRIN *(entre deux sanglots, fort surpris)* :

Tu t'en réjouis ?

RENART :

Oui, par ma foi !

YSENGRIN :

Eh ! cher compère, dis-moi pourquoi !

RENART :

C'est que mon corps gît dans sa bière
Près d'Hermeline en ma tanière,
Mais mon âme est en paradis
Assise au pied de Jésus-Christ.

YSENGRIN (*à part*) :

Hermeline, c'est donc elle que je pris
Pour Hersant ma compagne !

RENART (*voix doucereuse*) :

J'ai tout ce que je veux, compère,
Et je n'ai plus du tout d'orgueil.
Tu es dans le séjour terrestre
Et moi, au paradis céleste.

YSENGRIN (*à part*) :

Comme il a l'air réjoui !

RENART :

Ici, il y a des prairies,
Des bois, des plaines, des guérets.
Ici, sont les grandes richesses.
Ici, on peut voir maintes chèvres,
Maints lièvres, bœufs, vaches, moutons,
Eperviers, vautours et faucons.

YSENGRIN :

Par saint Sylvestre, comme j'envie,
Messire Renart, ton doux paradis !
J'aimerais tant y être aussi !

RENART :

Hélas ! tu ne peux entrer ici,
N'y songe donc plus !

YSENGRIN :

Et pourquoi n'y entrerais-je point ?

RENART :

Le séjour céleste du paradis
N'accueille pas n'importe qui !

YSENGRIN :

Mais je ne suis pas n'importe qui !
Je suis Ysengrin ton beau cousin !

RENART :

Hélas ! tu t'es toujours montré félon
Et fourbe et traître et trompeur !
Tu m'as soupçonné pour ta femme ;
Pourtant, par Dieu et sa vertu,
Jamais je ne l'ai offensée.

YSENGRIN :

Je te crois, cousin,
Et je n'y pense déjà plus !

RENART :

Tu dis que j'ai traité tes fils de bâtards
Mais ce n'est pas vrai. Par le Seigneur qui me fit naître,
Je dis ici la vérité !

YSENGRIN :

Je te crois et je te pardonne.
Mais fais-moi à mon tour
Entrer en ce lieu de délices !

RENART :

N'y compte pas. Nous n'aimons pas
Qu'il y ait ici des disputes.
Regarde, là, cette balance !

YSENGRIN :

Quoi ? Quelle balance ?
Je ne vois que deux seaux !

RENART :

Triple sot toi-même, compère !
Ce que tu crois seaux, ce sont balances,
Les deux plateaux du Jugement dernier
Pour peser le Bien et le Mal.

YSENGRIN :

Par ma foi, balances dis-tu,
Balances il y a donc !

RENART :

Par Dieu, le père spirituel,
La puissance divine est telle
Que lorsque le Bien est de poids
Il descend jusqu'ici, en bas,
Et tout le Mal reste là-haut.
Mais nul ne peut descendre ici

S'il n'a auparavant été
Confessé, ça, je te l'affirme.
As-tu avoué tes péchés ?

YSENGRIN :

Euh ! oui... Je l'ai fait à un vieux lièvre
Et à une chèvre barbue
Avec grand soin et pieusement.
Compère, ne tarde donc plus
A me faire entrer là-dedans.

RENART :

Bien !... Il te faut maintenant prier !
Et dévotement espérer
La rémission de tes péchés.
Que Dieu te donne son pardon,
Alors ici tu entreras !

(Ysengrin se met à genoux et hurle des prières en un latin de cuisine incompréhensible.)

RENART :

Holà ! compère, suffit !

(Ysengrin n'entend pas et continue à hurler.)

RENART :

Suffit ! te dis-je !

(Ysengrin hurle toujours.)

RENART :

Jésus t'accorde son pardon !

(Ysengrin, qui a entendu, cette fois, saute dans un seau à pieds joints et descend. Ce faisant, il fait remonter Renart car il est le plus lourd.)

YSENGRIN *(croisant Renart)*:
Compère, pourquoi t'en vas-tu ?

RENART :
C'est la coutume: l'un s'en va, l'autre arrive.
Je vais là-haut, en paradis.
Toi, c'est en enfer que tu descends.
Moi, j'ai pu échapper au diable
Et toi, tu rejoins les démons.

YSENGRIN *(hurlant)*:
Misérable trompeur !
Quel tour m'as-tu encore joué ?

LE RÉCITANT :
Ecoutez la fin de l'histoire.
Au matin, les moines alertés
Par le cuisinier de l'abbaye
Viennent avec des bâtons
Et une meute de gros chiens.
Ils sortent le loup du puits.
Tous les chiens se jettent sur lui
Et les moines le rouent de coups.
Ysengrin alors s'évanouit
Et les moines le croyant mort,
Le laissent là sur le chemin.
Ysengrin parvient à s'enfuir
Dans un état désespéré.
A force de bons traitements
On réussit à le sauver.

Ysengrin *(se traînant, dans un piteux état)*:
Je jure par Dieu, oui, je le jure,
De me venger de ce Renart du diable!
Il me paiera ce puits…

L'Écho:
«Il me paiera ce pui-i-i-its…»

RENART, TIBERT ET L'ANDOUILLE

Renart, Tibert

(Tibert le Chat, et Renart se rencontrent. Tibert, à la vue de Renart, s'écarte précipitamment.)

RENART :
Tibert ! Quel bon vent vous amène ?

(Tibert se tient à distance.)

RENART :
Voyons, Tibert, n'ayez pas peur.
Approchez et nous parlerons.
Auriez-vous déjà oublié
La foi que vous m'avez jurée ?
Que craignez-vous que je vous fasse ?
N'allez pas vous imaginer
Que je puisse en rien vous trahir.
D'ailleurs, je n'ai pris ce sentier
Qu'espérant vous y rencontrer.

(Tibert regarde Renart d'un air peu convaincu. Il aiguise ses griffes et s'apprête à se défendre, s'il le faut.)

RENART *(de plus en plus patelin)* :
Tibert, je trouve qu'ici-bas
Il n'y a que mauvaises gens
Qui refusent de s'entraider
Et ne songent qu'à se tromper.
Et l'on ne trouve plus personne

Qui dise vrai ou qui soit loyal.
Cependant, la chose est prouvée :
Qui cherche à abuser autrui
Récolte ce qu'il a semé.
Les traîtres sont toujours punis
Et je ne veux pas être traître,
Car tromper et faire le mal
Conduisent toujours à une triste fin.

(Tibert se laisse convaincre des bonnes intentions de Renart. Les voilà donc partis tous deux. Soudain, dans un champ tout proche, ils trouvent une andouille de belle taille.)

TIBERT :
Que vois-je là ?

RENART :
Une andouille ! Don du ciel !

(Il se précipite et s'empare de l'andouille.)

TIBERT :
Par Dieu, Renart !
J'ai le droit d'en avoir ma part.

RENART :
Bien sûr ! Qui veut vous en priver ?
Ne vous ai-je pas ma foi juré ?

TIBERT :
Cher compagnon, mangeons-la donc !

RENART :
Pas ici. Nous risquons d'être dérangés.
Il vaut mieux l'emporter plus loin.

TIBERT :

Bon !

(Il soupire mais suit Renart. Chemin faisant :)

Comme vous vous y prenez mal !
Comment portez-vous cette andouille !
Elle traîne dans la poussière
Et en plus vous bavez dessus.
J'en ai l'estomac retourné.
Si vous continuez comme ça,
C'est sûr que je vous donne ma part.

(Renart, la bouche encombrée par l'andouille, fait entendre des grognements inintelligibles.)

TIBERT :

Moi, je m'y prendrais autrement.

RENART :

Ah ! oui ? Et dites-moi donc comment !

TIBERT :

Donnez-la-moi, vous allez voir.

RENART *(Il donne l'andouille puis, à part)* :

C'est ça, porte l'andouille,
Tu n'en seras que plus facile à attraper !

(Tibert se charge de l'andouille qu'il jette sur son dos.)

TIBERT :

C'est ainsi qu'il faut la porter.
Elle ne traîne pas à terre
Et je ne bave pas dessus.
Que diable ! Un peu de distinction !

Allons là-bas jusqu'à ce tertre
Où je vois plantée une croix,
Et nous nous régalerons de cette andouille !

(Tibert part en courant.)

RENART :

Compagnon, attendez-moi donc !

TIBERT :

Allons, Renart, ne craignez rien,
Vous verrez, tout finira bien...
Mais hâtez-vous de me rejoindre.

(Tibert grimpe sur la croix et s'assoit sur l'un de ses bras. Renart, déconfit, se rend compte qu'il a été berné.)

RENART :

Tibert, que se passe-t-il donc ?
Pourquoi avez-vous grimpé là-haut ?

TIBERT :

Tout va bien, venez me rejoindre,
Allons, venez donc manger avec moi !

RENART *(hésitant)* :

Voyons, compagnon, sans façon !
Je préfère que vous redescendiez plutôt,
Car je crains fort le vertige
Si j'essaie de monter là-haut...

(Tibert rit.)

... Ou alors, jetez-moi ce qui me revient
Et je vous en tiendrai pour quitte.

TIBERT :

Renart, que me chantez-vous là !
Ma parole, vous êtes ivre.
Vous devez pourtant bien savoir
Ce que peut valoir cette andouille.
C'est une andouille sanctifiée
Qu'on ne peut manger autre part
Qu'à l'église ou sur une croix.
Il faut la traiter avec hauteur.

RENART :

Certes, Tibert, mais laissez vos scrupules.
Là-haut, la place est mesurée,
Nous risquerions de chavirer...
Alors, agissez noblement,
Si vous ne voulez pas descendre.
Vous m'avez juré par votre foi
D'être mon compagnon fidèle.
Or, quand des compagnons ensemble
Trouvent quoi que ce soit, ils doivent,
Ce me semble, le partager.
Aussi, vous ne pouvez pas vous renier.
Partagez là-haut cette andouille
Et jetez-moi ma part en bas...
Je prendrai le péché sur moi...

TIBERT (*faussement scandalisé*) :

Par ma foi, je n'en ferai rien.
Vraiment Renart, vous me décevez !
Vous êtes pis qu'un hérétique
En me demandant de jeter
Ce que l'on doit tant honorer.

Et s'il y a dans la religion
Un objet plus qu'un autre sacré,
C'est bien l'andouille, vous le savez !
Ne vous en a-t-on pas souvent parlé ?...

RENART (*soupirant*) :
Oui... L'andouille est un objet sacré !

TIBERT :
Bien !... Alors voici ce que vous devez faire.
Pour cette fois, résignez-vous.
Mais je vous fais la promesse
Que la prochaine andouille qu'on trouvera
Vous appartiendra tout entière...
Messire, soyez patient,
C'est chose commune
Qu'une andouille dans un champ !

RENART (*rageant*) :
Une andouille dans un champ !...
Ah ! Tibert ! Tibert ! Soyez-en sûr,
Vous retomberez dans mes pattes.
Allez... Donnez-m'en un morceau,
Sinon...

TIBERT (*commençant à manger*) :
Vous m'étonnez au plus haut point.
Ne pouvez-vous donc attendre
D'en trouver une bien plus tendre
Qui sera à vous tout entière ?
Décidément, l'abstinence ne vous vaut rien !

(Renart gémit en tournant en rond autour de la croix. Tibert mange avec force démonstrations d'appétit.)

TIBERT :

Renart, vraiment, je me réjouis
Que vous pleuriez ainsi sur vos péchés.
Que Dieu qui voit ce repentir
Allège votre pénitence.

RENART :

Pour l'instant, je ne peux rien faire
Mais vous finirez bien par descendre...
Au moins lorsque vous aurez soif...

TIBERT *(riant)* :

Ah ! je vois que vous ignorez
Combien Dieu m'aime et me protège.
Il a prévu un creux, dans cette croix,
Où je peux étancher ma soif
Car il a plu tout récemment !

(Il asperge Renart en soufflant sur l'eau.)

RENART *(s'ébrouant)* :

Vous descendrez bien tôt ou tard.

TIBERT :

En tout cas, pas avant des mois.

RENART :

Peut-être pas avant des mois
Mais sûrement avant sept ans !

TIBERT :

Ainsi vous m'assiégeriez tout ce temps !
Est-ce que vous pouvez le jurer ?

RENART :

Parbleu ! je jure de vous assiéger
Jusqu'à ce qu'enfin je vous tienne
Entre mes dents !

TIBERT :

Entendu !... Mais vous serez damné
Si vous ne tenez pas serment.
Pour qu'il soit plus fort encore
Jurez aussi sur cette croix !

RENART :

Oui... oui... Je jure de rester ici
Jusqu'à la fin. Vous me croyez ?

TIBERT :

Vous avez fait ce qu'il fallait.
Mais quelque chose me désole
Et je me sens plein de pitié :
C'est que vous n'avez rien mangé
Et vous devrez jeûner... SEPT ANS !
Pourrez-vous résister autant ?

RENART :

Ne vous en faites donc pas tant.

TIBERT :

Bon, alors, je ne dis plus rien,

Mais vous, ne bougez pas d'ici !
Mon andouille m'appelle
La ferai-je languir ?

(Il mange toujours aussi bruyamment. Renart grogne. Soudain, on entend des jappements.)

RENART :
Tibert, avez-vous entendu ?

TIBERT :
Attendez et surtout ne bougez pas.
Vous l'avez juré, n'est-ce pas !

RENART *(hésitant)*:
Mais...

TIBERT :
C'est une douce mélodie
Provenant d'une procession
Qui traverse cette campagne.
A travers les haies, les buissons
Ils vont chantant messe et matines,
Puis ils chanteront pour les morts
Et prieront devant cette croix.

RENART :
Ces moines ont des voix de chiens...
Euh ! je préfère...

(Il se lève.)

TIBERT :
Renart, pour quel office

Est-ce que vous vous préparez ?
Qu'avez-vous l'intention de faire ?

RENART :
Je tiens à m'éloigner d'ici.

TIBERT :
Vous éloigner, est-ce possible ?
Que faites-vous de vos serments ?
Restez ici, je vous l'ordonne.
Par Dieu, si vous vous enfuyez
Il vous faudra en rendre compte
Devant le roi Noble et sa cour,
Car vous y serez appelé
Pour répondre de vos parjures.
N'oubliez pas que vous avez
Deux fois juré de demeurer
Sept ans ici à m'assiéger !

(Les aboiements sont très proches.)

RENART *(s'enfuyant)* :
Tibert, le malin, tu parles trop !
Je saurai bien te retrouver.

(Il sort.)

TIBERT *(descendant de la croix pendant que l'on entend les chiens à la poursuite de Renart)* :
Cette andouille, je le jurerais par ma foi,
Fut bien meilleure sur cette croix
Avec, à mes pieds, Renart le roux pour pénitent !

(Il sort en riant.)

RENART ET LA MÉSANGE

Renart, la Mésange, des chasseurs

(Renart est furieux car il a raté Chantecler le Coq. Il se lamente. Il aperçoit soudain une mésange sur la branche d'un chêne.)

RENART:

Soyez la bienvenue, commère,
Et descendez donc m'embrasser!

LA MÉSANGE:

Allons, Renart, taisez-vous donc!
Vous pourriez être mon compère
Si vous n'étiez pas un brigand.
Mais tant d'oiseaux et tant de biches
Ont été trompés par vos soins
Qu'on ne peut vous faire confiance.

RENART:

Dame, aussi vrai que votre fils est mon filleul
Par un vrai baptême,
Je n'ai jamais fait quoi que ce soit
Qui ait jamais pu vous déplaire.
En connaissez-vous la raison?
Non?... Alors nous vous la dirons:
Messire Noble, le lion,
A proclamé partout la paix.
S'il plaît à Dieu, c'est pour longtemps.
Il a fait jurer aux vassaux
De garder la paix sur ses terres.
Les petites gens s'en réjouissent

Car, dorénavant, maints pays
Eviteront noises, conflits
Et toute guerre meurtrière.
Les bêtes, grandes et petites,
Dieu soit loué, seront bien tranquilles.

(Il soupire benoîtement, en croisant les bras, comme un moine.)

La Mésange *(riant)*:
Renart, vous vous moquez de moi.
Mais cherchez une autre victime
Car vous ne m'embrasserez pas aujourd'hui
Quoi que vous disiez!

Renart *(de plus en plus mielleux)*:
Dame, voulez-vous m'écouter!
Puisque vous avez peur de moi,
Je vous donnerai un baiser
Après avoir fermé les yeux.

La Mésange:
Bon... d'accord... dans ce cas, j'y consens.
Mais fermez bien les yeux!

(Renart ferme les yeux. La mésange s'empare d'un bouquet de feuilles et de mousse et lui en frotte la moustache. Renart, croyant se saisir de la mésange, donne un coup de dents. Il n'attrape que les feuilles.)

La Mésange *(criant)*:
Eh! Renart, c'est ça, votre paix?
Si je ne m'étais pas reculée
Vous auriez rompu la trêve.
Vous disiez la paix proclamée,

Que partout on l'avait jurée...
Mais votre roi l'a mal conclue !

RENART (*se mettant à rire*) :
Voyons, voyons, je plaisantais !
J'ai fait ça pour vous faire peur !
Recommençons, je vous en prie !
Tenez ! je ferme les yeux de nouveau.

LA MÉSANGE :
Bon ! mais alors ne bougez pas !

(La mésange frôle la gueule de Renart, très rapidement. Renart donne un coup de dents mais il la rate.)

LA MÉSANGE (*en colère*) :
Eh bien ! Renart, que signifie ?
Je ne vais plus jamais vous croire !
Sinon, que les démons me brûlent !

RENART :
Qu'est-ce que vous êtes froussarde !
J'ai fait ça pour vous effrayer
Car je voulais vous éprouver.
Je n'ai certes pas l'intention
De vous attraper par traîtrise...
Allons, recommençons encore une fois :
On dit que la troisième, c'est la bonne !

(Cette fois, la mésange fait la sourde oreille. Renart insiste, il la supplie à genoux, il se roule par terre, rien n'y fait ; la mésange reste perchée. On entend alors des chiens et le cor de chasse. Renart s'apprête à se sauver.)

La Mésange :

Renart, où fuyez-vous ? Revenez donc !
Je croyais que la paix était proclamée !

Renart *(embarrassé)* :

Oui, dame, on a bien juré la paix
Mais on ne le sait pas partout.
Ce sont de jeunes chiens qui viennent là ;
Leurs pères respectent la paix
Mais eux n'ont pas pu la jurer
Car ils étaient trop jeunes encore
Le jour où on l'a proclamée.

La Mésange :

Renart, vous avez l'esprit mal tourné.
Pourquoi enfreindraient-ils la paix ?

(Elle fait mine de descendre)

Allons, revenez vite m'embrasser !

Renart *(de plus en plus inquiet, les aboiements et le cor se rapprochant)* :

Euh ! je n'en ai plus guère le loisir !
Une autre fois, je vous le promets !

(Et il s'enfuit pendant que la mésange éclate de rire. On voit passer les chiens et les chasseurs à la poursuite de Renart.)

RENART ET BRUN L'OURS

Brun, Renart, des paysans

(Brun arrive chez Renart. Il frappe.)

BRUN :

Renart, venez donc me parler.
C'est moi, Brun, envoyé du roi.
Sortez, je vous informerai
Du message de notre roi.

RENART :

Brun, cher ami, je m'apprêtais
Justement à sortir d'ici,
Mais avant je voulais manger
Un délicieux plat français
Au miel fraîchement récolté.

BRUN :

Renart, où trouvez-vous ce miel ?
Ici-bas, c'est ce que préfère
Par-dessus tout mon pauvre ventre.
Menez-moi là-bas, gentil sire.

RENART :

Ah, Brun ! si j'étais assuré
De trouver en vous loyauté,
Amitié et complicité,
Je vous remplirais aujourd'hui
Le ventre de ce miel tout frais
Qui se trouve juste à l'entrée

De ce bois. Mais c'est inutile
Car si je vous accompagnais
Et pour vous me mettais en peine,
J'en serais mal récompensé.

BRUN :
Que dites-vous, seigneur Renart ?
Vous vous méfiez donc de moi ?

RENART :
Oui.

BRUN :
De quoi avez-vous crainte ?

RENART :
Ça, je le sais bien :
De traîtrise et de félonie.

BRUN :
Renart, le diable vous inspire
Quand vous me calomniez ainsi.

RENART :
Non pas ! Mais c'est sans importance.
Allons ! Je ne vous en veux pas.

BRUN :
Vous faites bien, car par l'hommage
Que je fis à Noble le Lion,
Je n'ai jamais eu l'intention
De vous tromper ni vous trahir.

Renart :

Je ne veux pas d'autre assurance
Et vous accorde ma confiance.

(Ils vont jusqu'à l'orée du bois. Là se trouve un chêne fendu, maintenu ouvert par des coins.)

Renart :

Brun, mon très cher ami, voici
Ce que je vous avais promis.
Le miel est à l'intérieur.
De quoi faire votre bonheur !
Mangez, et puis nous irons boire.

(Brun glisse son museau dans l'ouverture, poussé par Renart.)

Renart :

Allez, lavette ! Ouvre la bouche !
Ton museau y arrive presque !

(Renart arrache les coins. Le tronc se referme sur les pattes et le museau de Brun.)

Renart :

Ah ! Brun ! ça je le savais bien
Que vous trouveriez le moyen
De m'empêcher d'avoir du miel !
Vous êtes un fieffé coquin
De m'ôter ce miel de la bouche.

(Arrivent les paysans, armés de bâtons. Ils rouent Brun de coups. Celui-ci, à grand-peine, parvient à s'arracher au tronc, en y laissant la peau des pattes et du museau.)

Renart *(à l'abri)*:
A chacun de se débrouiller !
Et maintenant il faut trotter,
Mon beau seigneur, car le besoin
Fait même galoper les vieilles.
Allez ! Agissez pour le mieux
Car ces vilains ont dans l'idée
De vous mettre dans leur saloir.
Entendez donc le bruit qu'ils mènent !
Si votre fourrure vous pèse
Ne vous tourmentez pas pour ça :
Bientôt, un autre à votre place
La portera.

RENART JONGLEUR

Le Récitant, Renart, Ysengrin, Dame Hersant

Scène 1
Chez le teinturier

LE RÉCITANT :

Fuyant comme à l'accoutumée,
Renart, que tout le monde recherche
Depuis qu'on l'a mis hors la loi,
Sur ordre du roi Noble, le lion,
Cherche un moyen pour se déguiser
Afin que nul ne le reconnaisse.

(On voit Renart se glissant furtivement dans la boutique d'un teinturier.)

Justement, voici la boutique d'un teinturier.
Regardez bien ce que fait le goupil.

(Il saute à pieds joints dans une cuve et il en ressort teinté d'or vif. Il se regarde dans un miroir.)

RENART :

Ma foi, me voilà transformé en animal
Du bout du monde ! Qui me reconnaîtrait !

(Entre Ysengrin.)

Mais qui vient là ?... Oh ! c'est Ysengrin !
Malheur à moi
Car il est fort et gras
Et je suis bien faible et bien las !
Il ne va pas me reconnaître
Sauf à ma voix, je le crains bien.
Tant pis, je vais aller le voir,

Il faut que j'arrive à savoir
Tout ce qui se passe à la cour !

(Quand Ysengrin voit venir Renart, il lève la patte et fait le signe de croix. Il semble très effrayé.)

YSENGRIN *(à part)* :
Par Dieu ! l'étrange animal !
Jamais je n'en vis un de semblable !
Il doit arriver de fort loin !

RENART *(contrefaisant sa voix)* :
Godehelpe ! cher monseigneur,
Moi savoir pas parler ton langue !

YSENGRIN :
Dieu vous garde, très cher ami.
D'où êtes-vous ? De quel pays ?
Vous n'avez pas dû naître en France,
Ni dans une contrée connue.

RENART :
Nei, Monseigneur, moi de Bretagne.
Fichtre ! moi perdu mon fortune,
Fichtre, moi chercher un compagnon
Et fichtre moi jamais trouver
Personne pour renseigner moi.
Par tout France, par tout Angleterre
J'ai cherché lui mon compagnon
Je savoir plus où le chercher.
Maintenant moi vouloir partir
Mais avant je tourne à Paris
Pour tout apprendre bien français.

YSENGRIN :
Et vous n'avez pas de métier ?

RENART :
Ya ! fichtre, je suis bon jongleur.
Mais hier être volé, battu
Et fichtre on prit à moi ma vielle.
Si moi avoir encore mon instrument
Moi chanter fichtre belle chanson
Pour toi qui sembler un bon homme !
Mais aïe ! aïe ! aïe ! grand malheur !
Moi pas manger depuis deux jours
Fichtre ! et moi volontiers manger
Car sans cela ne peux chanter.

YSENGRIN :
Dites-moi, quel est votre nom ?

RENART :
Fichtre, moi avoir nom Galopin.
Et vous, comment bien cher homme ?

YSENGRIN :
Mon nom est Ysengrin, mon frère.

RENART :
Fichtre ! vous naître en ce pays ?

YSENGRIN :
Oui et j'y ai longtemps vécu.

RENART :
Toi entendre parler du roi ?
Moi vouloir jouer pour lui.

YSENGRIN :

Pourquoi ? Si tu n'as plus de vielle ?

RENART :

Fichtre, moi jouer volontiers
Ma répertoire à tout le monde,
Car moi savoir toutes les chansons.
Celle-là et celle-ci et celle-là encore
Et toutes les autres moi tout connaître.

YSENGRIN :

Tu me parais être un expert...
Mais dis-moi, n'aurais-tu pas vu
Un rouquin de mauvaise race,
Un menteur, un traître, un trompeur
Qui n'a jamais aimé personne
Et qui dupe tout un chacun ?
Ah ! si jamais je le tenais
Je le réduirais en morceaux
Car j'ai la permission du roi.

RENART :

Fichtre ! lui fou, lui sale type !
Comment fichtre nom a pelé ?

YSENGRIN :

Quoi ?... Ah ! oui, comment il a nom ?

RENART :

Fichtre, lui a pelé Anon ?

(A ces mots, Ysengrin éclate de rire.)

YSENGRIN :

Vous voulez connaître son nom ?

RENART :

Fichtre oui... Comment le peler ?

YSENGRIN :

Ce maudit se nomme Renart !
Il nous berne tous, il nous trompe.
Ah ! si jamais je le tenais
La terre en serait délivrée :
Il n'y tiendrait plus grande place.

(Ysengrin mime un combat. Il fait de grands gestes pour montrer comment il réduirait Renart en bouillie. Renart l'imite.)

RENART *(tâtant les muscles d'Ysengrin)* :

Fichtre alors, lui être fichu
Si toi lui mettre la main dessus !
Moi content pas lui ressembler.

YSENGRIN *(se calmant)* :

Vous avez raison, cher ami...
Mais parlons de votre métier.
Sauriez-vous en tirer parti
A la cour ? Y être meilleur
Que les nombreux autres jongleurs ?

RENART :

Moi fichtre pas trouver mon maître !

(Il fait semblant de chanter en exagérant les gestes du jongleur, bouche grande ouverte, main battant les cordes d'une vielle imaginaire.)

Ysengrin *(très impressionné)* :
Alors je t'emmène avec moi
Je te présenterai au Roi
Et à Sa Majesté la Reine.

Renart :
Merci, mais pas avoir de vielle.
Si avoir, fichtre moi chanter
Bon chanson et bon ritournelle.

Ysengrin *(réfléchissant)* :
Je sais où trouver une vielle :
Chez un paysan, par ici.
Il en joue le soir pour réjouir
Sa maisonnée et ses voisins.
Si tu m'accompagnes à la cour
Je te l'offre, quoi qu'il arrive...

(Ils se mettent en route.)

Scène 2

La maison d'un paysan. On entend un air de vielle. Les deux compères se cachent et attendent la nuit tombée.

Ysengrin *(bas)* :
Attends-moi ici, je vais voir
Si tout le monde est endormi
Et si je peux rapporter la vielle.

Renart :
Fichtre ! alors moi rester tout seul ?

Ysengrin :
Comment ? Es-tu donc si peureux ?

Renart :
Moi peureux ? Nai, nai ! mais moi peur !

Ysengrin *(à part)* :
Par Dieu, certes, on n'a jamais vu
Ni de jongleur courageux
Ni de prêtre hardi, encore moins
De femme qui soit raisonnable !

(A Renart :)
Assieds-toi ici, je reviens vite.

(Ysengrin saute à l'intérieur, profitant d'une fenêtre ouverte maintenue par un bâton. Il s'empare de la vielle et la passe par la fenêtre à Renart. Renart s'en saisit. Ysengrin s'apprête à repasser par la fenêtre.)

Renart *(à part)* :
L'occasion est trop belle
De me jouer un peu de ce gros balourd !
Tiens ! compère !

(Il referme brutalement la fenêtre. On entend la chute d'Ysengrin. Puis les cris du paysan : « Debout ! au voleur ! Il y a des voleurs dans la maison ! » *Ysengrin essaie de rouvrir la fenêtre mais Renart la maintient fermée en ricanant. On entend la voix étouffée d'Ysengrin :* « Galopin ! ouvre-moi ou je vais me faire écharper tout vif ! » *Cette fois, c'est le chien furieux qui se fait entendre. Ysengrin pousse des hurlements de douleur. Bruits de coups. Renart joue un air de vielle en dansant.)*

Renart *(chantant)* :
Pauvre Ysengrin

Pauvre Ysengrin
Pas bien malin
Laisse ta peau
Entre les crocs
Du vilain chien...
Nin ! nin ! nin !

(Il sort.)

Scène 3

Chez Ysengrin. Le loup est allongé sur une chaise, couvert de pansements. Renart, toujours déguisé en jongleur, se tient derrière lui et joue de la vielle.

YSENGRIN *(gémissant)* :
Ah ! comme tu es bon, Galopin,
De vouloir adoucir mes douleurs !

RENART *(reprenant sa voix naturelle)* :
Et toi, comme il est bon
De te voir ainsi raccommodé !

YSENGRIN *(sursautant)* :
Quoi ! qu'ai-je cru entendre ?
Ne serait-ce point ce maudit Renart ?

RENART *(de sa voix de jongleur)* :
Point ne crois cela, compère !
Renart mort, toi le croire, fichtre !
C'est la fièvre qui toi tromper !

(A part :)

Et trompé tu le seras encore !

(Il chantonne. Dame Hersant vient lui servir à boire. Ils se font des tendresses pendant qu'Ysengrin continue ses grimaces de souffrance.)

LE PROCÈS DE RENART

Toute la cour est rassemblée autour de Noble le Lion. Dame Hersant, Grimbert, Brun, Tiécelin, la Mésange, Tibert, Belin le Mouton, Roënel le Chien, Ysengrin, Renart.

Puis, plus tard : Dame Pinte la Poule, Chantecler le Coq et les poules Noire, Blanche et Roussette.

Enfin : Dame Chauve, la souris.

LE RÉCITANT *(pendant cette présentation, les participants se mettent en place) :*

Pierrot qui mit tant de talent
Envers l'histoire de Renart
Et d'Ysengrin son cher compère,
Laissa de côté le meilleur
Car il négligea le procès
Et le jugement qui s'ensuivit,
A la cour de Noble le Lion.
L'hiver venait de s'achever
Et la rose s'épanouissait
Et l'aubépine fleurissait
Et l'Ascension approchait
Quand Sire Noble, le lion,
Toutes les bêtes convoqua
A sa cour, dedans son palais.
Nulle n'osa s'en abstenir,
Et rien n'aurait pu empêcher
Que toutes viennent au plus vite,
Hormis le seul seigneur Renart,
Ce fieffé voleur, ce soudard,
Que les autres dénoncent au roi,

L'accusant d'orgueil et de folie.
Tous ont à se plaindre de lui
Et longues seront les litanies
Des bêtes trompées et abusées
Par le rusé cruel. Voici le premier qui s'avance.

YSENGRIN :

Beau gentil sire,
Rends-moi justice car Renart
A emprisonné Dame Hersant,
Mon épouse, dans son repaire,
A Maupertuis, pour y commettre
L'adultère ! Il l'y a forcée
Et outragé mes louveteaux !

DAME HERSANT :

J'aurais voulu que la paix règne
Entre mon seigneur et Renart.
En vrai, il n'obtint rien de moi
Comme on raconte qu'il l'a fait.
Qu'on me soumette au jugement
De l'eau bouillante ou du fer chaud.
Mais à quoi bon me justifier,
Malheureuse et infortunée,
Puisqu'on ne me croira jamais !
Par tous les saints que l'on révère,
Que Dieu sinon me secoure,
Renart n'a rien fait avec moi
Qu'il n'aurait pu faire à sa mère.
Je ne parle pas pour favoriser sa cause.
Peu me chaut ce qu'on fait de lui,
Ni qui l'aime, ni qui le déteste !

Mais je le dis pour Ysengrin,
Qui de moi se montre jaloux
Au point de se croire cocu !

RENART *(bas à Grimbert)* :
Seigneur, écoutez mes péchés !
Dame Hersant ne dit pas la vérité
Et Ysengrin l'a soupçonnée à raison
Car je l'ai eue et bien des fois
Je m'en repens, mea culpa !
(Haut à Noble :)
Ah ! beau doux sire, j'ai mal agi
Et j'ai tant nui à Ysengrin
Que devant aucun tribunal
Je ne pourrais en rien le nier.
Que Dieu m'aide à sauver mon âme !
Ainsi pour Dame Hersant, je dois vous dire...

YSENGRIN *(l'interrompant brusquement)* :
Trois fois il m'a fait attraper.
Voici comment il s'y est pris.

RENART :
Pour Dame Hersant, hélas...

YSENGRIN *(fort, pour couvrir la voix de Renart)* :
Il m'a fait tomber dans un piège,
Là où j'ai emporté l'agneau
Et là on me battit la peau
Bien cent fois avant que je puisse
M'échapper de cette maison.

RENART :
Oui... mais Dame Hersant...

YSENGRIN *(précipitamment)* :
Il m'a fait tomber dans un autre piège
Où trois bergers m'ont découvert.
Ils m'ont battu à fendre l'âme.

RENART :
Pour Dame Hersant...

YSENGRIN :
Chez un bourgeois, il y avait
Une pile de trois jambons.
Renart m'en a tant fait manger
Que je n'ai pas pu ressortir
Par où j'avais pénétré.

RENART :
Et Dame...

YSENGRIN :
Il m'a fait pêcher dans la glace
Et j'en ai eu la queue gelée.

BRUN *(bousculant Ysengrin)* :
J'ai été battu par sa faute.
Il m'a fait coincer dans un chêne
Refendu par des bûcherons
Qui l'avaient laissé là, béant.
Renart m'a dit que dedans
Il y avait beaucoup de miel.

J'ai voulu y mettre les dents,
Mais en y glissant le museau
J'ai fait tomber les coins par terre
Qui maintenaient le tronc ouvert.
Je me suis coincé le museau
Et j'ai enduré bien des maux...

YSENGRIN *(reprenant sa place devant Brun)*:
Et, une nuit, la pleine lune
Se reflétait dans un étang;
Il m'a fait croire que c'était
Un fromage; alors j'ai plongé!

RENART *(bas à Grimbert, ricanant)*:
Il a plongé!
(Il grimace en se frottant le nez.)

BRUN *(bousculant Ysengrin)*:
Je n'ai pas fini, messire!
Me voici donc museau coincé
Et que fait Renart?...
Il souriait en disant:
«Mangez donc, profitez-en bien.
C'est votre miel, je vous le laisse
Et je file d'ici bien vite!
Vous voulez tout garder pour vous?
Eh bien, je ne vous en veux pas!»
Et après s'être bien moqué,
Et m'avoir roué de coups,
Renart a tourné les talons.
Les bûcherons sont arrivés
Et je serais mort à l'heure qu'il est

Si je ne m'étais arraché au tronc
En y laissant la peau de mon museau
Et de mes pattes...

YSENGRIN *(reprenant une nouvelle fois sa place)*:
Une autre fois il m'a encore trahi.
C'était devant la charrette aux poissons.
Et cent fois, oui, cent fois, il m'a ainsi grugé
Au prix de mille tromperies,
Tant et tant que je me fis moine.
Aucun autre que moi à la cour du roi,
Ne peut se plaindre autant de lui!

LA MÉSANGE:
Ecoutez donc aussi ma plainte et jugez-en!
J'ai voulu l'embrasser...
(Murmure des barons.)

RENART *(bas à Grimbert)*:
Délicieuse mésange, j'en ai encore l'eau à la bouche!

LA MÉSANGE *(nerveuse)*:
Oui! j'ai voulu l'embrasser...
Mais pour faire la paix avec lui!
(Murmure approbateur des barons)
Eh bien! il a tenté de me croquer!
Heureusement que j'ai des ailes!

RENART *(bas)*:
Maudites ailes!

La Mésange:

Je le juge donc déloyal
Car il s'est conduit envers moi
Comme un traître! Je vous le dis,
Il est foncièrement mauvais!

Tiécelin *(très excité)*:

Mauvais, il l'est! Il m'a volé mon fromage!
Ensuite, il a poussé l'outrage
Jusqu'à vouloir me dévorer!

Renart *(bas)*:

Il fallait que j'eusse faim
Pour toucher à cette vieille carne!

Tiécelin *(continuant)*:

Il m'a arraché quatre plumes
Et essaya de me tromper
En prétendant être blessé!

Tibert *(menaçant)*:

Par la faute de ce rouquin
J'ai failli mourir étranglé
Et le prêtre m'a humilié.
Renart! Renart! je te maudis!
Pourtant j'aurais dû me méfier
Car bien des fois tu m'as roulé!

(A cet instant, on voit arriver une charrette tout enveloppée de tentures. Dedans gît une poule amenée sur une litière aménagée comme un cercueil. L'accompagnent: Dame Pinte, Chantecler, Noire, Blanche et Roussette, les jeunes poules. Elles sont en deuil et pleurent à fendre l'âme.)

Dame Pinte :

Par Dieu, vous toutes, nobles bêtes,
Conseillez cette malheureuse.
Je hais l'heure de ma naissance.
Mort, prends-moi, je t'y autorise
Car Renart ne me laisse vivre !
J'avais cinq frères, tous de mon père,
Renart le voleur les mangea !
J'avais cinq sœurs de par ma mère,
Renart ne m'en laissa qu'une seule,
Car toutes passèrent par sa gueule !

(Renart compte sur ses doigts et semble approuver les chiffres annoncés par Dame Pinte.)

Vous qui gisez dans cette bière,
Ma douce, mon amie chère !
Renart vous a si malmenée,
Mordue de façon si inconvenante
Et une aile arrachée et une cuisse brisée !
Ah ! comme vous étiez tendre et grasse !

(Renart approuve.)

Pourrais-je vivre sans plus vous voir !

(Elle se tourne vers Renart. D'abord surpris, il reprend vite contenance.)

Renart, que le feu te consume !
Tu nous as tant persécutées,
Pourchassées et tourmentées,
Tant déchiré notre pelisse,
Et acculées aux palissades !
Hier matin, devant la porte,
Renart me jeta ma sœur morte
Puis il s'enfuit dans un vallon !
Ah ! l'infâme ! le cruel ! le félon !...

(A ces mots, l'infortunée Pinte tombe évanouie. Les autres dames en font autant. Pour relever les quatre dames, le chien, le loup et les autres bêtes se lèvent de leur tabouret et aspergent leurs têtes avec des seaux d'eau. Elles reviennent à elles, et vont se jeter au pied du roi. Chantecler aussi s'agenouille et fond en larmes. Le roi est saisi de pitié.)

NOBLE *(se redresse sur son trône. Sa voix tonne)*:

Personne, aussi hardi soit-il,
Pas même l'ours, le sanglier,
Ne peut s'empêcher de trembler
Quand leur roi soupire et rugit !
Couard le Lièvre en eut telle peur
Qu'il fut fiévreux deux jours durant.

(Toute la cour frémit en chœur.)

NOBLE :

Dame Pinte, votre malheur
Me touche plus que tout autre !
Et je veux obtenir réparation !
Qu'on fasse approcher Renart
Et vous verrez de vos propres yeux
Et entendrez de vos oreilles
Comment je compte vous venger !
Oui ! Il sera châtié d'importance
Pour son crime et pour sa folie !

(Renart tente de se cacher derrière Grimbert.)

YSENGRIN :

Sire, voilà qui est parler !
On chantera partout vos louanges
Si grâce à vous Pinte est vengée

Ainsi que sa sœur que Renart
A si sauvagement estropiée.
Je ne dis pas cela par haine
Envers Renart, mais pour la dame
Qu'il a assassinée!

(Il passe derrière Grimbert et pousse Renart vers le trône. Renart, hésitant, mais contraint par l'attitude menaçante des barons, vient s'agenouiller devant Noble.)

RENART *(humble)*:
Majesté, je vous salue bien,
Moi qui vous ai mieux servi
Que tout autre baron de l'Empire.
Ils ont tort tous ceux qui me dénigrent.
Ce sont des jaloux qui pour se venger
M'ont tant et tant fait
Que vous m'avez jugé à tort!

(Cris des barons. Noble réclame le silence.)

RENART:
Sire, dès qu'un roi se met
A croire les mauvais larrons,
A délaisser ses bons barons,
A prendre la queue pour la tête,
Le royaume court à sa perte;
Car ceux qui sont vils par nature
Ne savent pas garder la mesure.

(Nouvelle protestation des barons. Nouvelle intervention du roi.)

RENART:
Quand on les laisse dominer
Ils s'acharnent à nuire aux autres.

Ils exhortent à faire le mal
Pour pouvoir en tirer profit
Et empocher les biens d'autrui.
Je voudrais savoir ce que Brun
Et Tibert, ici, me reprochent.

(Les deux nommés s'avancent pour s'expliquer. D'un geste, le roi les interrompt.)

RENART *(matois)* :

Si Brun a dévoré le miel
Et si les vilains l'ont frappé
Pourquoi ne s'est-il pas vengé ?
N'a-t-il pas des mains et des pieds
Bien musclés et de grande force ?

(Brun veut ouvrir la bouche. Renart enchaîne.)

RENART :

Si messire Tibert le Chat
Fut attrapé et humilié,
Est-ce ma faute, palsambleu ?
D'Ysengrin, je ne sais quoi dire
Car il n'a pas tort...

YSENGRIN *(triomphant)* :

Ah... Je savais bien que...

RENART :

... il n'a pas tort d'affirmer
Que sa femme je l'ai aimée !
Mais elle ne s'est pas plainte.

(Ysengrin suffoque de rage.)

Suis-je traître envers cette Dame ?

Et si le baron est fou de jalousie
Est-ce suffisant pour me pendre ?
Non, Sire, et que Dieu me préserve !
Votre pouvoir royal est grand,
Et la foi et la loyauté
Que j'ai toujours eues envers vous
C'est ce qui m'a sauvé la vie.
Mais maintenant que je suis vieux
Je ne puis guère me défendre
Et je n'ai plus envie de plaider.
C'est péché que me convoquer
A la cour, mais j'y suis venu
Puisque mon seigneur le commande.
Je suis devant lui, qu'il me prenne,
Qu'il me fasse brûler ou pendre ;
De lui, je ne peux me défendre,
Car je n'en ai guère la force.
Mais ce serait pauvre justice
De me pendre sans jugement !

GRIMBERT :

Je m'incline devant vous, Sire,
Qui maintenez paix et justice.
Vous ne devez pas pour autant
Si mal traiter votre baron,
Mais le juger selon la loi.
Car c'est sous votre protection
Que Renart est venu ici.
Et si quelqu'un lui a grief,
Octroyez à Renart le droit
De réponse, publiquement,
Comme il est d'usage à la cour.

(A ces mots, tous les barons se lèvent.)

NOBLE :

Seigneurs, seigneurs, écoutez-moi !
Quel châtiment dois-je prévoir
Pour ce coquin sans foi ni loi ?

LES BARONS :

Sire, ce n'est qu'un hors-la-loi !
Personne ne vous blâmera
Si vous décidez de le pendre.

NOBLE :

Bien dit ! Alors qu'on fasse vite !
Et que personne ne conteste !
Car si on le laisse filer,
Jamais plus il ne reviendra !

(On attrape Renart, on le gifle, on l'attache. Puis on l'amène vers la potence.)

RENART :

Cher et noble roi, laissez-moi
Vous dire encore quelques mots.
Vous m'avez fait prendre et lier,
Et vous voulez me faire pendre
Alors que je n'ai rien fait.
Mais j'ai commis de grands péchés
Dont je voudrais me repentir.
Au nom de la sainte Pénitence,
Je veux aller, portant ma croix,
Plaise à Dieu, au-delà des mers.
Je serai sauvé si je meurs

Là-bas, mais si je suis pendu
Ici, ce sera grand mal pour mon âme.
(Il se jette aux pieds du roi qui est pris de compassion.)

GRIMBERT :
Sire, par Dieu, écoutez-moi.
Comme il est vaillant et courtois,
Laissez-le partir en croisade.
S'il revient au bout de cinq mois
Il en sera plus aguerri
Car c'est votre meilleur soldat.

NOBLE :
Fort bien, qu'il prenne donc la croix !
Mais surtout qu'il reste là-bas !
(Renart manifeste sa joie. On lui donne une tenue de pèlerin. Les barons grondent. Arrivée de Dame Chauve, la souris, accompagnant un cercueil qui contient le cadavre de son mari tué par Renart. Elle se fraye un chemin jusqu'au roi.)

DAME CHAUVE :
Sire, je réclame justice.
Renart a tué mon mari !
(Elle s'évanouit.)

(Renart, s'étant écarté de la cour, prêt à s'enfuir, se débarrasse de sa robe de pèlerin et de sa croix.)

RENART :
Sire, je rends cette défroque.
Que maudit soit le rigolo
Qui m'a encombré de ces hardes

De ce bâton et de ce sac!

(Il jette ces objets à la tête des barons et s'enfuit.)

NOBLE :

Dieu! comme je suis trahi,
Blessé, ruiné dans les esprits,
Par Renart qui me craint si peu
Et me tient en si grand mépris.

(Hurlant :)

Seigneurs, qu'attendez-vous ?
Courez après Renart
Et si vous ne l'attrapez pas
Vous finirez tous pendus!

(Les barons sortent en se bousculant et en criant des menaces de mort. On entend le rire de Renart qui s'éloigne peu à peu.)

RENART MÉDECIN

Le Récitant, les médecins, Renart, Grimbert, Noble, Tibert, Roënel, Ysengrin, Brichemer, les courtisans, les cavaliers

Tableau I
A la cour du roi Noble

LE RÉCITANT :
Un jour qu'il était dans sa tour,
Le roi Noble tomba malade.
Il faillit y perdre la vie.
Ce mal dura près de six mois.
Alors le roi fit de partout
Venir un tas de médecins
Pour le soulager de son mal.

(On voit arriver les médecins qui se penchent avec sollicitude mais… incompétence sur le malade royal.)

Mais aucun de ceux qui vinrent
Ne put le guérir de ce mal.
Grimbert le blaireau était là
Et il pensa à son cousin Renart
Qui était si habile en toutes sortes de tours.
Si le roi se raccommodait
Avec lui, il s'en réjouirait.

(Grimbert le blaireau vient en avant-scène. Il a l'air pensif.)

Aussitôt, il se met en route
Pour l'aller quérir, décidé
A ne pas s'arrêter avant
D'être parvenu à le trouver.

Tableau II

Chez Renart. Arrivée de Grimbert. Renart le fait entrer.

GRIMBERT :

J'avais grande envie
De parler avec vous, vraiment.
Le roi Noble a tout le corps pris
D'une maladie qui, sans cesse,
Le fait se lamenter et geindre.
Sachez qu'il a cru en mourir.

RENART :

Quel triste sort ! Je compatis !

GRIMBERT :

Sachez aussi qu'il est fort irrité
Contre vous. Et si vous pouviez
Le guérir, il vous aimerait
Sans la moindre arrière-pensée.
Je suis donc venu en secret
Et sans rien en dire à personne...

RENART :

Bien cher cousin, que Dieu vous garde !
Mais dites-moi pourquoi le roi
Se montre irrité contre moi.
Les barons m'ont-ils critiqué ?
Qui m'a donc fâché avec lui ?

GRIMBERT :

C'est votre compère Ysengrin, bien sûr !
Mais Roënel, le chien, vous a dénigré

Et Brichemer, le cerf, également.
Eux qu'en raison de leur sagesse
On avait envoyés vers vous
Et que vous avez si mal traités,
L'un en le faisant attraper,
L'autre en le livrant à des chiens,
Qui lui ont écorché le dos
Au point que l'on peut voir ses os.

RENART :

Vous dites que c'est Ysengrin
Qui m'a fâché avec le roi !...
Le traître ! Il le regrettera !
Retournez-vous-en à présent ;
Vous avez déjà trop tardé.
J'irai à la cour dès demain
Et là, je me justifierai
Des dénonciations d'Ysengrin !

Tableau III
Renart en route

RENART :

Oh ! mon Dieu, et vous, grand saint Martin,
Envoyez-moi quelque médicament
Pour guérir le roi Noble.
C'est mon plus cher désir.

(Il s'arrête.)

Mais que vois-je ? Un jardin
Rempli d'herbes de toutes sortes.

(Il les cueille.)

Elles valent cher et sont précieuses
Car elles soignent bien des maux.
Merci grand saint Martin, merci mon Dieu !

(Il lave les herbes dans un seau et les écrase entre deux pierres, puis il les met dans un tonnelet qu'il attache à sa ceinture. Plus loin, il avise un pèlerin qui dort. Il lui vole son aumônière et s'éloigne.)

RENART *(ouvrant l'aumônière)* :
Le miracle continue. De l'ellébore
Dont le pouvoir est de faire
Tomber la fièvre. Et d'autres herbes encore
Qui compléteront heureusement
Mes premières trouvailles.
Allons, roi Noble ! Je tiens ta guérison.
(Il sort.)

Tableau IV

A la cour du roi Noble. Les courtisans accueillent Renart en grondant.

RENART *(faisant la sourde oreille)* :
Que Dieu qui ne ment jamais,
Dieu qui créa tout ici-bas,
Protège le meilleur des rois !
Sire, je suis allé à Rome,
A Salerne, au-delà des mers
Pour trouver de quoi vous guérir !

NOBLE :
Renart, vous êtes un fieffé menteur !
Où avez-vous trouvé l'audace

D'oser paraître devant moi !
(Les courtisans grondent plus fort et se rapprochent, menaçants.)
Mais par ma couronne, vous voilà pris
Vous serez châtié pour vos vilenies
Et c'est la cour qui en décidera
(Murmure d'approbation des courtisans.)

RENART :

Oh ! Sire, que dites-vous là ?
Serait-ce donc la récompense
Du service que je vous rends
En vous ramenant la potion
Qui pourra guérir votre mal ?
Par Dieu, le père spirituel,
Cela m'a donné bien des peines
Et vous voulez que je périsse
Sans savoir de quoi il s'agit...
Par Dieu, Seigneur, écoutez-moi
Et réfrénez votre colère ;
Entendez ce que j'ai à dire.
Sire, j'ai pris pour vous la peine
De parcourir tous les pays :
Les Ardennes, la Lombardie,
La Toscane, quand j'ai appris
Que vous étiez tombé malade.
Sachez que je n'ai pas dormi
Plus d'une nuit au même endroit ;
Qu'il n'y a pas un savant homme
Que je n'aie consulté, partout.
J'ai fini par en trouver un
A Salerne, qui, informé,
Vous envoie votre guérison.

NOBLE (*sérieusement ébranlé par ce discours*) :
Me dis-tu bien la vérité ?
Me guériras-tu de ce mal ?
(*Il geint.*)

RENART :
Par la foi que je vous dois,
Seigneur, surtout ne doutez pas.
Car je vous guérirai, je vous le jure,
Sur votre couronne et sur la Croix !
(*Il enlève son manteau, le pose à terre et pose par-dessus le tonnelet.*)

ROËNEL :
Monseigneur, ne l'écoutez pas !
Il dit être allé à Salerne
Et à Montpellier. Il s'en vante
Mais il n'a pas dépassé Mantes.
Il dit même être devenu médecin !
Mais on aurait dû le pendre
Depuis longtemps ! Accordez-moi
Réparation pour le tort qu'il m'a causé
Quand j'étais votre messager.
C'est moi que l'on pendit
De par sa faute. Vous devez en tirer
Vengeance ! Il a manqué à sa parole
Envers vous et vous a trahi !

RENART :
Monseigneur, écoutez-moi plutôt !
Ce mâtin est fou à lier.
Il radote ou il a trop bu,
Ou il a perdu la raison.

Voilà bien trois mois, je le jure,
Que je suis absent de ce pays.
Mais savez-vous ce que fit Roënel,
Ce baron sans foi ni loi ?

Roënel *(furieux)* :
Quoi !
(Le roi lui intime l'ordre de se taire et de laisser parler Renart.)

Renart :
Ce Roënel est allé chez moi.
Ma femme se nomme Hermeline
Et c'est une bien belle femme.

Roënel *(à part)* :
Le fourbe !

Renart :
Et ce chien débauché lui a dit
Des choses folles et honteuses
Que je n'oserai répéter ici !

Roënel *(à part)* :
Le misérable !

Renart :
Il n'y a donc rien d'étonnant
Qu'elle se soit vengée de lui !
Son honneur de gente Dame
Réclamait cette punition !

Roënel :

Mais Majesté, ceci n'est que mensonges !
Je proteste !...

Tibert :

Ça suffit, Roënel !
Maudit soit qui essaie de nuire !
Tu dis vraiment n'importe quoi
En accusant de trahison
Un haut baron comme Renart !
Je te tiens pour un débauché.
Le jour où l'on t'a attrapé
Comme tu viens de le dire,
Je passais devant chez Renart.
J'ai rencontré Dame Hermeline
Qui est de très noble lignage ;
J'ai demandé : où est Renart ?
Elle a répondu franchement
Qu'il était parti pour Salerne
Y acheter de quoi guérir
Monseigneur Noble, notre roi...

Renart :

Sire, il dit vrai !
Or vous n'êtes pas sans connaître
La haine que j'ai de Tibert.
S'il avait pu me porter tort,
Il ne s'en serait point privé !

Noble :

Tout à fait juste, qu'en pensez-vous
Roënel ? Maintenez-vous
Vos accusations ?

Roënel :

Je suis abasourdi.

(À Tibert :)

Je ne comprends plus rien.

Noble :

Fort bien, restons-en là !
Renart, occupez-vous de moi.
Hâtez-vous, car la maladie
Me prive de la vue et en outre,
Je ne puis vous dire à quel point
Je suis en proie à la souffrance.

(Il geint.)

Renart :

Dans trois jours, vous serez guéri.
Que l'on m'apporte un urinal,
Dedans, je lirai votre mal.

(Les courtisans, après un instant d'hésitation, s'empressent auprès de Renart et du roi. C'est à qui se disputera pour faire passer l'urinal. Noble, sortant de son lit, remplit l'urinal à demi. Renart ausculte l'objet.)

Renart *(très solennel)* :

Je vois ce que c'est.

(Les courtisans se regardent. Renart prend la main de Noble.)

Monseigneur, voulez-vous guérir ?

Noble *(pleurnichant)* :

Par Dieu, je le désire de toute mon âme !

(Il geint.)

Renart :

Alors, faites fermer ces portes
Et faites-moi apporter
Tout ce que je vous demanderai.

Noble :

Oui, tu auras tout ce que tu demandes.
(Il s'adresse aux courtisans :)
N'est-ce pas, messires ?

(Les courtisans, silencieux, acquiescent de mauvaise grâce, par signes.)

Renart :

Sire, voici ce qu'il me faut.
Tout d'abord une peau de loup !
(Entendant cela, Ysengrin s'affole et se met à prier.)

Noble *(au loup)* :

Cher ami, voulez-vous m'aider ?
Me soulager de ce grand mal ?
(Ysengrin hésite.)

Renart :

Bien sûr qu'il le veut !
Il peut bien vous prêter sa peau
Car le printemps est pour bientôt
Et sa peau repoussera assez vite.
Même nu, il n'aura pas froid.

Ysengrin :

Sire… ne faites pas cela !

Voulez-vous donc déshonorer vos courtisans ?
Me dépouiller de ma pelisse,
Me mettre nu devant tout le monde,
Seigneur, y pensez-vous !

NOBLE :

Parbleu, Ysengrin ne manque pas d'audace
En osant ainsi me contrarier !
Qu'on l'attrape sur-le-champ
Et qu'on l'écorche sans attendre !

(Le loup est dépouillé séance tenante. Il hurle de douleur et sort de la salle en courant.)

RENART :

Seigneur, ne perdons plus de temps.
Il me faut maintenant le nerf
Situé dans la corne d'un cerf.

BRICHEMER *(à part)* :

Canaille, il ne m'oublie pas !

RENART :

C'est un remède efficace ;
Je l'ai bien vu dans vos urines.
Et puis vous ajouterez une lanière
De son dos ; ça vous calmera
Si vous en faites une ceinture
Et ça vous préservera
A jamais d'autres maladies.
Je l'ai bien lu dans vos urines.

NOBLE :
Sans doute avez-vous raison !
Allons, Brichemer !

(On se jette sur le cerf et on lui découpe une lanière de peau sur le dos puis on lui casse ses bois. Il est chassé de la salle.)

RENART *(se tournant vers le chat)* :
Maintenant, à ton tour, Tibert.
Tu nous donneras bien du tien !
On va envelopper les pieds
De Monseigneur avec ta peau !

TIBERT *(à part)* :
Quelle mauvaise idée
M'a donc poussé à défendre cet intrigant !
(Haut :)
Vous ne m'aurez pas !
(Il se sauve avant qu'on l'attrape. Renart regarde autour de lui. Les autres barons sont de plus en plus angoissés.)

RENART *(à Roënel)* :
Courez préparer un feu.
Vous laverez la peau du loup,
La sécherez, la mettrez là !

ROËNEL *(tremblant)* :
Oui, seigneur, comme il vous plaira !

RENART :
Quant à vous, Grimbert, le blaireau...
Mettez-vous ici à genoux.

Et vous, Belin... venez plus près!

(Ils accourent tous, affolés.)

RENART :

Amenez Monseigneur, ici!

(Le lion est transporté auprès de Renart. Il geint.)

RENART :

Monseigneur, je vais vous guérir
De cette fièvre, je vous le jure!
Mais il vous faudra un peu souffrir...

NOBLE *(résigné)* :

Ah! que m'importe!
Je veux par-dessus tout guérir
De ce mal qui tant m'affaiblit!

(Renart prend de la poudre active et la met dans le nez du roi qui se met à enfler, à suer, à s'agiter, à éternuer. Puis, prenant la peau d'Ysengrin, il en enveloppe le roi et lui fait boire une potion. Aussitôt après, Noble se met sur pied, il saute, il danse.)

NOBLE :

Ça y est, je suis guéri!

LES COURTISANS *(abasourdis)* :

Il est guéri!

NOBLE :

Je suis guéri! Guéri! Guéri! Guéri!

LES COURTISANS *(l'imitant)* :

Il est guéri! ri! ri! ri!

Noble (*à Renart*) :

Je vous dois mille fois merci !
Aussi je vous fais maître de ma terre.
Si jamais vous entrez en guerre,
Soyez sûr d'avoir mon appui.
Je vous donnerai aussi
Deux châteaux en fort bon état.
Je suis guéri, je suis guéri, je suis guéri !

Renart :

C'était la volonté de Dieu !
Mais sire, je dois m'en aller.
Je veux rassurer Hermeline
Que j'ai quittée depuis des mois.
Elle aura plaisir à me voir...
Je donnerai de vos nouvelles,
Elle en sera réjouie tout autant.
Mais permettez-moi, seigneur,
De vous faire une dernière requête !

Noble :

Parle, Renart, tout ce que tu veux
Je te l'accorde d'avance !

Renart :

Eh bien voilà ! Seigneur !
Brichemer me déteste,
Pourtant, je ne lui ai rien fait !

(Brichemer réapparaît, sans ses bois, le dos déchiré ; à ces mots, il trépigne de rage.)

Ysengrin me hait tout autant
Je ne sais pas vraiment pourquoi !

(Ysengrin réapparaît. Même jeu que Brichemer.)

S'ils pouvaient me tenir, seigneur,
Ils me tueraient sans hésiter !
Aussi, donnez-moi une escorte
Afin qu'il ne m'arrive rien !

NOBLE :

Il en sera comme tu l'as voulu, Renart !
Qu'on lui donne cent cavaliers !

(Les cavaliers apparaissent, fortement armés. Ils font reculer les courtisans sans ménagement. Renart sort, entouré par cette escorte, après avoir bravé une dernière fois ses ennemis.)

I. Conseils généraux pour la création des décors

Le changement de décor a pour défaut de rompre la magie du spectacle, excepté dans les salles équipées d'une machinerie perfectionnée, ce qui n'est pas le cas le plus courant.

Alors, il faut imaginer un décor simple qui permette de signifier, à peu de détails près, aussi bien les scènes d'extérieur que les scènes d'intérieur.

Les éléments suivants seront toujours en scène:

– un mur, côté jardin, derrière lequel peuvent apparaître et disparaître les personnages;

– côté cour, un chaos de rochers qui peut remplir la même fonction mais présente l'avantage d'être transformable;

– au premier plan, côté cour comme côté jardin, un grand cadre, genre paravent évidé, composé de trois volets pour tenir en équilibre;

– au lointain, un ciel peint ou un fond noir tout simplement.

Dans cet état du décor, nous sommes dehors, partout et nulle part. Les différents lieux devront être signifiés par l'apport d'accessoires.

Implantation générale du décor

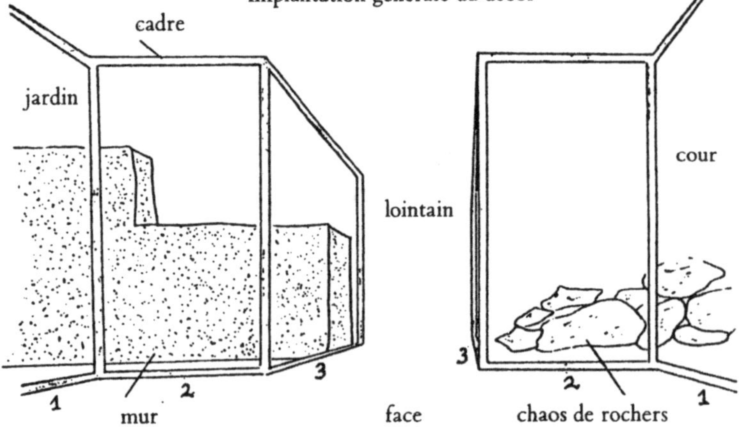

Par exemple: l'obturation des volets 1 et 2 du cadre côté jardin par des toiles peintes représentant l'intérieur d'une maison permet la mise en scène de «La tonsure d'Ysengrin»; Ysengrin passe la tête par la fenêtre du volet n° 2.

L'obturation des volets 2 et 3 permet de représenter la maison du teinturier ou du joueur de vielle.

L'obturation des cadres cour et jardin nous transporte au palais du roi.

Des éléments de décor mobiles, comme ombres, châteaux... peuvent apparaître au lointain.

II. Construction du décor

Il faut distinguer les décors praticables sur lesquels on peut monter, marcher, de ceux qui ne s'adressent qu'à l'œil.

Les décors praticables doivent avoir une solide structure de bois. Elle sera notamment nécessaire si vous voulez un mur praticable. Sinon, il est aisé de le construire avec des matériaux simples.

Vous devez vous munir :

– de cartons d'emballage, de taille égale si vous voulez un mur bien régulier, de taille variable si vous voulez un mur chaotique, voire en ruines.

– de bandes plâtrées chirurgicales en grande largeur (que l'on trouve en pharmacie) ou de toile de jute, genre sac à pommes de terre, et de plâtre à séchage lent.

Transformation des cadres 1 et 2 en intérieur maison

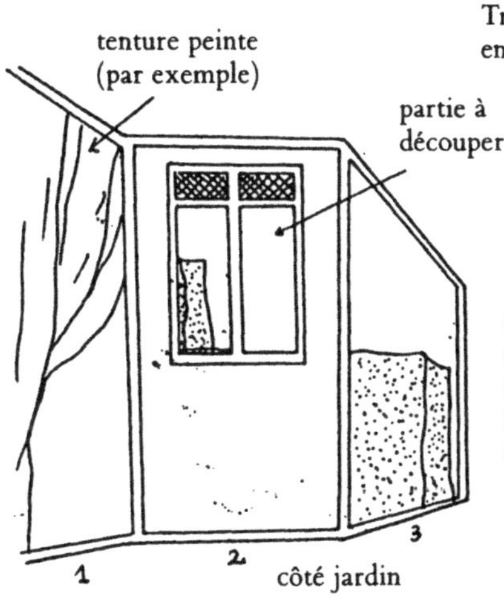

si le décor est peint sur toile, il est nécessaire de renforcer le cadre de la fenêtre par des baguettes de bois collées.

Réalisation des pierres

Les bandes plâtrées découpées en larges bandes sont trempées dans de l'eau et enroulées autour du carton d'emballage (temps de séchage 1/2 h) jusqu'à ce que tout soit recouvert (bien lisser la toile).

Si vous utilisez la toile de jute et le plâtre, le principe est le même mais vous devez fabriquer vos bandes plâtrées de la façon suivante :

– préparez le plâtre liquide en le délayant dans de l'eau;
– mouillez préalablement la toile de jute puis plongez-la dans le plâtre liquide.

Ces pierres peuvent être assemblées ensuite comme vous le désirez en les réunissant avec de la bande plâtrée.

Réalisation du chaos rocheux

A partir de cartons d'emballage écrasés et renforcés avec du grillage, si cela est nécessaire. Le tout est recouvert de toile plâtrée.

Réalisation des cadres

Ils peuvent être construits par assemblage de tasseaux de bois de 2 mètres réunis par des charnières.

Les toiles peintes

Les toiles de lin enduites sont montées sur châssis ou roulées. On peut bien sûr utiliser du contreplaqué très fin (5 mm) ou tout autre matériau moins onéreux comme le carton.

Réalisation de quelques accessoires

L'arbre: Si cet arbre doit être praticable pour y installer le corbeau, il ne faut pas prendre de risques et utiliser une structure bien solide, par exemple un escabeau que l'on transforme en un gros tronc auquel on ajoute quelques branches et feuilles. Pour cela on utilise grillage, fil de fer et toile plâtrée qui, plissée, donnera un bel effet d'écorce.

La charrette. Une brouette moderne, vieillie façon vieux bois, avec cette même bande plâtrée, fera l'affaire.

III. Quelques conseils de peinture et de patine

Sur tous les éléments construits en toile plâtrée, il est nécessaire de passer une première couche de peinture blanche. Il faut réaliser cette peinture avec des pigments auxquels on ajoute de l'eau et de l'acétate pour la durcir (ou de la colle à bois). Il est possible également d'utiliser de la peinture vinylique toute préparée.

Pour la couleur des pierres, quel que soit le résultat que vous voulez obtenir, il faut toujours commencer par passer la couche la plus foncée, puis poncer, puis passer sur une partie de la surface une couleur plus claire, etc. Pour obtenir une légère brillance de la pierre, il faut utiliser une base laquée noire et recouvrir par une autre couleur. L'utilisation de peinture argentée mélangée à d'autres donne également de bons résultats (on peut frotter la peinture argentée par endroits).

Pour obtenir un aspect d'écorce, il faut passer une couche de peinture de la couleur choisie puis, après séchage, badigeonner au brou de noix en faisant des coulées. Il faut vernir pour fixer le tout.

IV. Des idées de costumes et de masques

Pour les costumes. On utilisera des vêtements de ville teints ou peints.

Les masques. (Ou demi-masques pour ne pas gêner l'élocution.)

Ils seront réalisés avec de la bande plâtrée à partir de moulages de visage. Pour cela, appliquer sur le visage, particulièrement à la base des cheveux, sur les cils et les sourcils, un corps gras comme la vaseline (vendue en pharmacie). Découper des morceaux de bande plâtrée qu'on mouille et qu'on applique sur le visage en lissant bien. Les différentes bandes doivent se chevaucher d'1 ou 2 cm. Il est possible de recouvrir les yeux et même la bouche après avoir pris soin de dégager les narines.

Ce masque sèche en 1/2 heure. Il est facile de le décoller en plissant le front, le nez...

Cette base, après 24 heures, pourra être découpée selon la forme à obtenir et d'une façon générale en dégageant la bouche.

Il est très facile de transformer un nez en trou et de rajouter des appendices comme la crête d'un coq ; pour cela on crée le volume manquant avec du papier mouillé et on recouvre avec de la bande plâtrée. Il faut doser ces deux matériaux, pour ne pas trop alourdir, mais sans fragiliser non plus.

Lorsqu'il s'agira d'obtenir un museau beaucoup plus proéminent, il sera nécessaire de prolonger le masque avec de la bande plâtrée moulée sur une forme en pâte à modeler.

La réalisation d'une forme en terre sur laquelle seront fabriqués les masques en bandes plâtrées, en papier, en toile... est généralement nécessaire. J'ai néanmoins choisi ici de proposer la technique la plus simple à partir du moulage du visage.

Le volume étant réalisé, les yeux découpés à la forme voulue, il est alors nécessaire de rajouter une couche de bandes plâtrées pour consolider.

Enfin, lorsque le masque est bien sec, il faut passer une couche de peinture blanche vinylique à laquelle on ajoute un peu d'acétate ou de colle à bois.

Le reste du travail de peinture est un problème de décoration. Je conseille d'utiliser la peinture acrylique.

Christiane Lenfant

Le prologue

Le récitant: Il porte un costume de troubadour.
Décor: Tout à fait neutre comme sur le schéma d'implantation générale.

Renart et les anguilles

Décor: Fermer les volets 1 et 2. Ménager une fenêtre dans le volet 2. Installer une chaise de jardin. Une brouette tiendra lieu de charrette.
Renart: Pantalon de velours et chemise de velours de couleur brique + gilet en fausse fourrure de même couleur. Chaussettes blanches, souliers marron.
Les marchands: pantalon gris, blouse noire large, vieux chapeaux et sabots.

La tonsure d'Ysengrin

Décor: Fermer les volets 1 et 2. Ysengrin peut passer la tête par la fenêtre.

Ysengrin le loup: Costume noir très classique mais un peu vieilli. Tee-shirt blanc, chaussettes et chaussures noires.

Renart et Tiécelin le corbeau

Tiécelin le corbeau: Pantalon bleu marine, veste queue-de-pie noire. Tee-shirt bleu marine. Chaussures et chaussettes noires.

La vieille: Vieille robe de couleur vive, rouge ou jaune. Gilet de laine. Chaussures plates. Elle porte un panier à la main et un foulard sur la tête.
Décor: Derrière le mur côté cour, installer un arbre praticable. Les fromages sont sur le mur.

Renart et Ysengrin dans le puits

Décor: Fixer au plafond une poulie avec une corde portant à chaque extrémité un seau. La partie basse du mur figure la margelle du puits.

Tibert et l'andouille

Décor: Au lointain, un tertre avec une croix. (La fixer dans une base de béton et l'équiper de deux petites barres transversales pour pouvoir y monter.) L'andouille sera un polochon.

Tibert le chat: Costume gris sur lequel on peint des taches ou des rayures. Chemise grise ouverte. Chaussettes et chaussures noires.

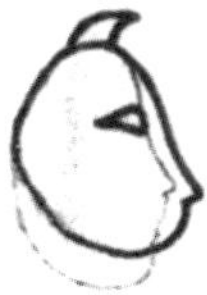

Renart et la mésange

La mésange: Robe bleue, très «star».
Décor: utiliser le même arbre que pour «Renart et Tiécelin» mais placé côté cour derrière les rochers.

Renart et Brun l'ours

Brun l'ours: Grosses chaussettes de laine marron. Pantalon de velours trop grand et coupé sous les genoux. Gros pull de laine marron.

Les paysans: Pulls et pantalons de couleurs vives, déchirés.

Renart jongleur

Décor: Les volets 1 et 2 côté cour sont recouverts de panneaux bariolés. Devant ces panneaux, on installe une grande bassine également bariolée, de laquelle sort Renart avec le même costume que précédemment mais de couleur or.

Les volets 2 et 3 côté jardin sont obturés de façon à représenter l'extérieur d'une maison vue en angle. C'est la maison du paysan.

Le procès de Renart

Décor: Au lointain, un château en réduction. Au centre, le trône du roi.

Les volets 2 et 3 côté cour et côté jardin sont obturés par des surfaces en faux miroirs ou peintes de couleur or. Des tentures sont fixées sur les volets 1 cour et 1 jardin et servent d'entrée.

(«Bois» de face)

Brichemer le cerf: Pantalon marron un peu court et pull marron, cape beige, chaussettes blanches et chaussures marron.

Roënel le chien: Costume pied-de-poule, chaussettes blanches et chaussures noires.

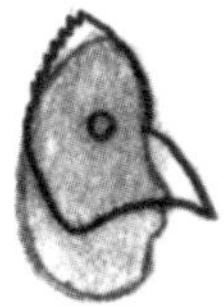

Les poules:
Dame Pinte: Robe imprimée beige-jaune, petit foulard.
Noire: Robe noire assez courte, collant rose, petit foulard noir.
Blanche: Robe blanche assez courte, collant rose, petit foulard rose.
Roussette: Robe jaune, collant rose et foulard imprimé (comme la robe de Dame Pinte).
Toutes portent à la main un mouchoir noir.

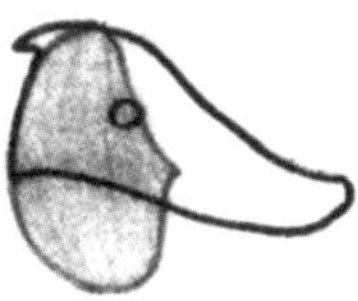

Grimbert le blaireau: Veste gris foncé ainsi que le pantalon un peu court. Peindre quelques rayures blanches sur la veste. Chaussettes blanches et chaussures noires.
Dame Hersant: (Voir le masque d'Ysengrin.) Robe de couleur jaune-orangé. Chaussures noires. Gilet de fourrure.

Chantecler le coq: Pantalon jaune, chemise rouge en tissu brillant, petit foulard au cou, chaussures noires vernies.

Renart médecin

Décor: Fermeture côté jardin des volets 1 et 2. Nous sommes chez Renart. Le volet 3 côté jardin ainsi que les volets 2 et 3 côté cour sont obturés par des panneaux de faux miroirs ou peints de couleur or.
Nous sommes chez le roi. Le panneau 1 cour est ornementé de draperies. Le trône est en face du panneau 2 cour.

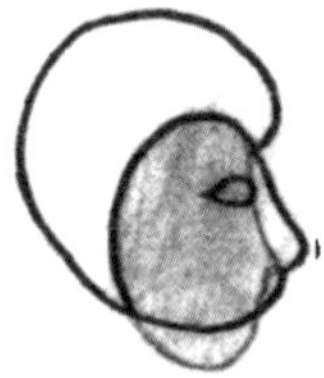

Noble le lion: Veste de fausse fourrure «bombée» à l'or. Toque de fourrure sur laquelle est posée une couronne. Chemise à jabot, nœud papillon or, chaussures noires.

Dame Chauve, la souris: Robe grise, toque et foulard gris.

Adresses utiles

Pour toutes les matières plastiques : *Promoplastiques,* 15, cité Voltaire, 75011 Paris, tél. 43 71 71 80 ;
Pour la peinture, acétate : *Starcolor,* 44 bis, bd Richard-Lenoir, 75011 Paris, tél. 43 55 18 28 ;
Pour le grillage : *Point CIMA,* quai de Valmy, 75010 Paris ;
Pour les bandes plâtrées : *Laboratoires Fisch,* 72320 Vibraye.

Table des matières